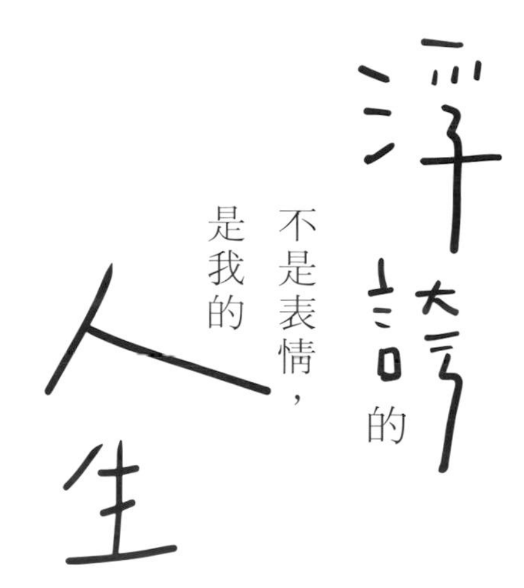

浮誇甜心謝凱蒂的**舒心寫真**

謝凱蒂——著

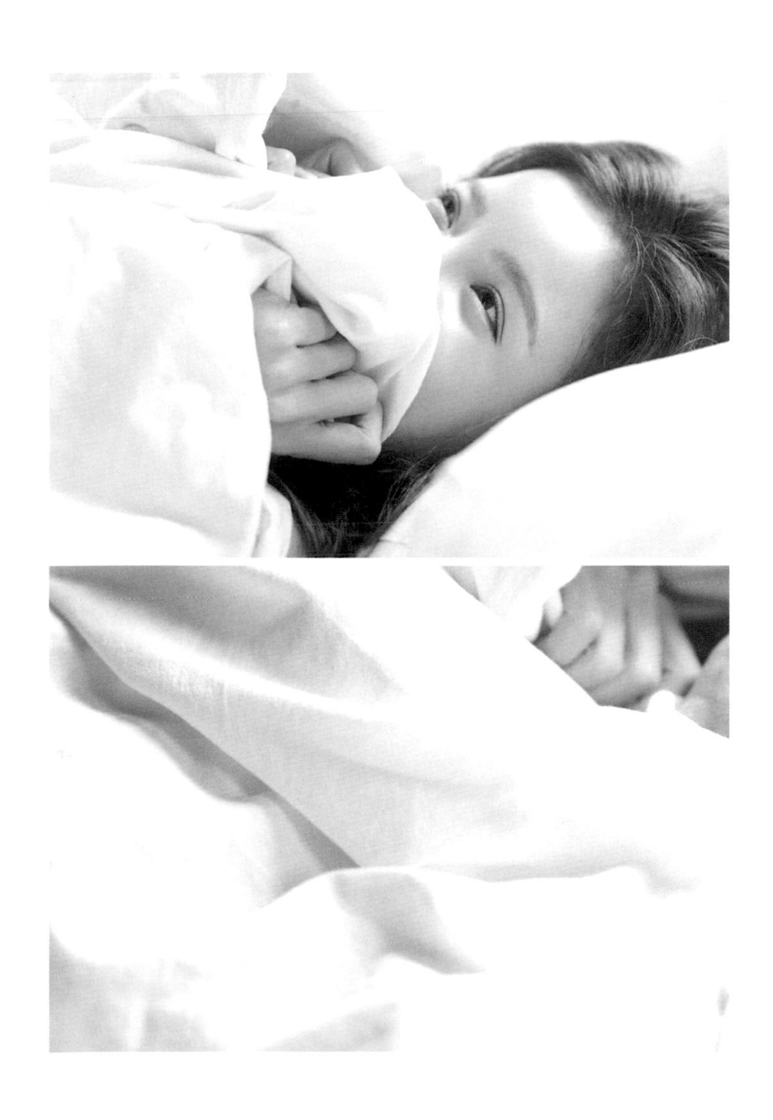

浮誇的不是表情，是我的人生

Horizon

幕後花絮

浮誇的
不是表情，
是我的
人生

浮誇甜心謝凱蒂的
舒心寫真

作　　者　謝凱蒂
主　　編　蔡月薰
企　　劃　王綾翊
攝　　影　J68Studio
妝　　髮　李湘琦
美術設計　GD design

第五編輯部　總監 梁芳春
董 事 長　趙政岷
出 版 者　時報文化出版企業股份有限公司
108019 台北市和平西路三段240號7樓
發行專線　02-2306-6842
讀者服務專線　0800-231-705、02-2304-7103
讀者服務傳真　02-2304-6858
郵　　撥　1934-4724時報文化出版公司
信　　箱　10899 台北華江橋郵局第99信箱
時報悅讀網　www.readingtimes.com.tw
電子郵件信箱　books@readingtimes.com.tw
法律顧問　理律法律事務所　陳長文律師、李念祖律師
印　　刷　和楹印刷有限公司
初版一刷　2023年4月14日
定　　價　新台幣400元

浮誇的不是表情,是我的人生 / 謝凱蒂作. -- 初版. --
臺北市 : 時報文化出版企業股份有限公司, 2023.04
面； 公分
ISBN 978-626-353-551-0(平裝)

863.55　　112002164

時報文化出版公司成立於 1975 年，並於 1999 年股票上櫃公開發行，於 2008 年脫離中時集團非屬旺中，以「尊重智慧與創意的文化事業」為信念。

ISBN 978-626-353-551-0 ｜ Printed in Taiwan ｜ All right reserved.